رواية

يا له من يوم جميل للموت

What A Beautiful Day to Die

د.جُمان الريحاني

إهداء

إهداء إلى الأيام الجميلة في الحياة

إهداء إلى بطل روايتي:

السيد **فرانسيسكو ايستون**

جمان الريحاني

اختيار يوم جميل

عادة ما يقوم الناس باختيار أيام جميلة من أجل مناسبات مميزة ولكن ولأنه لا يستطيع الشخص أن يجزم متى سوف يموت فلا يتم اختيار الأيام كما أن الموت لا يعتبر مناسبة جميلة ولا يحبه الناس كثير بل ولا يحبون يوم يموت لهم عزيز.

ولكن وبالغرم من ذلك فإن الجنازات تقام في الأيام الصافية، والأيام الممطرة كذلك بل وفي الأيام الباردة والمثلجة، ولكن هل كان ليختار الشخص الذي سوف

يموت يوما جميلا لموته، أم انه كان ليختار عكس ذلك فربما كان ليختار يوما حزينا باردا، فالمناسبة حزينة لذا ربما سيختار يوما حزينا، يوما بائسا، أو ماطرا أو ربما جوا صعبا.

أم أنه قد يختار يوما مشمسا صافيا لأنه يريد أن يحتفل بمغادرته الحياة والتوجه إلى عالم مجهول، ولكي يرى ويكتشف ما بعد الموت.

الموت أمر محير ومثير للتفكير والجدل، ولا يمكن الجزم بأي أمر يخص الموت، كما أن مشاعر الإنسان تختلط حين يتعلق الأمر بالموت.

السيد **فرانسيسكو ايستون** هو رجل تجاوز عمره الخمسين سنة، وقد قرر أن ينهي حياته بعد كثرة تفكير، كما أته لطالما كان صارما في اتخاذ القرارات إذ قرر أن لا يتزوج، كما قرر أن لا يكون لديه أطفال، وقد قرر مؤخرا أن ينهي حياته.

وفي يوم قرر السيد فرانسيسكو أن ينهي حياته، وقد كان الأمر الوحيد الذي يهمه هو أن يحدد اليوم المناسب للموت.

كان فرانسيسكو متميزا في لباسه وطعامه وكلما يقوم به، وكان دقيقا في إختياره لكل ما يفعله.

لذا كان الأمر سهلا بالنسبة له لكي يختار اليوم المناسب للموت بالنسبة له، فقد اختار أن يكون يوم وفاته أو يوم إنهائه لحياته أجمل يوم، يجب أن يكون يوما جميلا وصافيا ومناسبا لمثل هذه المناسبة التي يراها مميزة.

وهكذا كان يراقب الأحوال الجوية ويرى اليوم الذي كان يقول بان اليوم يظهر من ملامحه الأولى، فكلما حصل معه أمر أزعجه يؤجل موته، وكلما تعكر مزاجه يؤجل أيضا، وكلما علم من خلا النشرة الجوية

بأن اليوم ممطر أو جوه ليس جيدا قرر أن يؤجل، وهكذا مر وقت طويل وهو يؤجل ويرجل.

اليوم المناسب

استمر السيد فرانسيسكو على هذا الحال لأيام وأيام أصبحت أسابيعا وشهورا، ولم يكن يدرك كثيرا بأن الوقت يمر وبأنه يؤجل ما عليه فعله.

ولكنه كان يعلم بأن اليوم المناسب لموته لم يحن بعد، وذلك لأنه كان لديه إحساس عميق وشعور داخلي بأنه سوف يعرف ذلك اليوم فور استيقاظه من النوم وبعد أن يفتح عينيه مباشرة.

مرت بعض الأيام التي لم يكن فيها السيد فرانسيسكو بأتم صحته، لذا كانت هذه الأيام لا تليق أبدا بمناسبة فراقه للحياة.

مذكرات السيد فرانسيسكو

وبعد مرور أحد عشر شهرا من محاولات السيد فرانسيسكو للموت والعدول عن فعل ذلك، استيقظ ذات صباح وقرر أن يكتب مذكراته وذلك بعد أن بقي مستلقيا على سريره وهو يفكر فيما إذا كان شخصا جبانا، وقد مرت كل هذه الفترة ولم يحقق هدفه لحد الآن.

لذا أراد السيد فرانسيسكو في هذا اليوم أن يكتشف السبب الحقيقي وراء عجزه عن نيل مراده وتحقيق

هدفه، وان يكتشف الحقيقة التي تغلفها الأسباب والأعذار الواهية.

لقد قرر السيد فرانسيسكو أن يكتب كلما يجول بخاطره، وما يشعر به، وحقيقة مشاعره على مذكراته لكي يتسنى له دراستها كل فترة وفترة ليعرف ما يحدث معه حقا وما يجعله غير قادر على تحقيق ما يصبوا إليه.

كان ذلك اليوم لمراجعة النفس ودراسة حالته وحياته والتركيز على الأمور المهمة، وتصنيف كل شيء على مدى أهمية كل شيء.

ساعة المذكرات

إتخذ السيد فرانسيسكو ساعة معينة وأطلق عليها اسم ساعة المذكرات وقرر أن يدرس في نهاية كل أسبوع ما كتبه خلال الأيام الماضية.

بعد مرور عدة أيام رأى السيد فرانسيسكو حلما غريبا ولم يستطع أن يفهمه، فبالرغم من أنه يطلب الموت إلا أنه رأى في حلمه أن وُهب حياة أخرى.

بقى لغز ذلك الحلم يطارد السيد فرانسيسكو لمدة طويلة، حوالي اليومين، وهو منشغل التفكير في ذلك الحلم ليلا نهارا.

كنز في الحديقة

وفي يوم خرج السيد فرانسيسكو لكي ينزه كلبه الصغير دونغو، وبينما هو يتجول في الحديقة العامة، حتى لاحظ وكأن كلبه يحفر قرب شجرة.

في البداية لم يكن يظن بان الأمر مهم، وبعد إصرار الكلب قام السيد فرانسيسكو من الكرسي الذي كان يجلس عليه وتوجه إلى حيث الكلب الصغير.

حاول السيد فرانسيسكو إبعاد الكلب عن الحفرة التي حفرها، ثم لاحظ وكأن كلبه يحاول استخراج شيء من تلك الحفرة، كما كان يتشبث بها.

بعد أن أبعد السيد فرانسيسكو الكلب وأخذ ما كان يتمسك به.

كان الكلب يتمسك بشيء وكأنه قماش، لونه أسود، وهو أسود من التراب الذي كان عليه، وهو قديم ومتسخ فقد مرت عليه الكثير من الظروف الطبيعية والماء والتراب.

أزاح السيد فرانسيسكو بعض التراب عن تلك الحزمة، وعندما نزع عنها قطعة القماش التي كانت مثبتة وكأنها كيس قماش مخاط فوقها.

حاول السيد فرانسيسكو تمزيق كيس القماش ليرى ليرى ما بداخله، ومن شدة الفضول وكلبه الصغير ينبح وكأنه يساعده في اكتشاف ما يوجد في الداخل.

وبعد أن قطع القماش وجد السيد فرانسيسكو داخل ذلك الكيس من القماش كيسا بلاستيكيا أسود اللون، وعندما فتحه وجده ملفوفا حول كتاب صغير، لم يكن كتابا بل

كان مثل المذكرة كطولها حوالي 12 سنتيمترا وعرضها 9 سنتيمترات.

تفاجأ السيد فرانسيسكو بتلك المذكرة، كان مكتوبا عليها عام يتكرر كل ألف سنة.

عندما فتحها وجد بأنها تحتوي على الكثير من الكتابة في العديد من الصفحات ولكن بخط بلغة غير مفهومة ولكنها أيضا تحتوي على تواريخ لونها أغمق من الكتابة الأخرى بخط كبير.

لم يفهم السيد فرانسيسكو ما كان مكتوبا ولكن المذكرة قد أثارت فضوله، وبما أنها لا صاحب لها فقد أخذها معه.

عاد السيد فرانسيسكو وكلبه إلى البيت، وبعد أن قام بنزع حذاءه وعلق معطفه وراء الباب، دخل فوضع تلك المذكرة على طاولة الطعام، ثم توجه إلى الحمام وقام بغسل يديه فقد كانتا متسختين وعليهما بعض التراب من المذكرة.

قام السيد فرانسيسكو بصنع كوب من الشاي بعد أن قدم لكلبه بعض الطعام، وجلس يتناول كوب الشاي، وأخذ الكتاب أو المذكرة لكي يقرأ منها القيل، ولكنه لم يكن

يميز إلا الأرقام والتي كانت تمثل تواريخ ولكن دون كتابة، كانت كتابة السنوات والأيام والشهور.

لقد ميز السيد فرانسيسكو الخط، ونوع الكتابة التي كانت في نظره لغة هيروغليفية، وهذا يعني أن صاحب هذه المذكرة، أو كاتبها يحب هذه اللغة، فمن غير المعقول أن تكون الهيروغليفية من العصر الفرعوني.

لأنه لم تكن هناك كتب ومذكرات مثل هذه وبهذا النوع من الورق ولم يكن هناك التدوين والكتاب على الورق، فهي تشبه مذكرات اليوم بخط قديم.

تساءل السيد فرانسيسكو عن السبب الذي يجعل شخصا ما يقوم بكتابة مذكرات أو ملاحظات ولكن بلغة مثل هذه، فما هو المغزى من فعل ذلك، ولماذا قد يقوم شخص ما بمثل هذا التصرف؟

قلب السيد فرانسيسكو بعض الصفحات، ثم أغلق الكتيب دون فهم شيء.

بحث مثير

في المساء قرر السيد فرانسيسكو الذي أصبح هذا الأمر يهمه جدا بالتوجه إلى مكتبة المدينة، وأحضر معه بعض الكتب عن اللغة الهيروغليفية.

في تلك الليلة سهر السيد فرانسيسكو كثيرا وقضى معظم الليل يقرأ عن اللغة الهيروغليفية، ويقارن الحروف مع بعض الحروف الموجودة في الكتب، ويحاول أن يعيد كتابة الصفحات الأولى وخاصة التي تجري أحداثها في الشهر الثامن والذي تبدأ منه

صفحات الكتاب وهو نفس الشهر الذي كان فيه السيد فرانسيسكو.

كان من بين الكتب التي احضرها السيد فارنسيسكو من المكتبة معجم للكلمات وفيه بعض الشروحات.

وبعد ساعات من البحث والدراسة اكتشف السيد فرانسيسكو بأن من كتب هذه المذكرات كان يكتب ما يدور حوله وما يجري في تلك الفترة، فلم تكن فقط مذكرات شخصية بل كانت تحوي أمورا مهمة.

وقد تصادف حدوث بعض الأحداث الغريبة والصعبة والتي جعلت الحياة صعبة.

وبعد ذلك قام السيد فرانسيسكو بالرجوع إلى الصفحة الأولى لكي يرى إن كان هناك شيء مكتوب عن صاحب المذكرة ولكنه شعر بالتعب والنعاس فخلد إلى فراشه وقرر أن يكمل عمله في الغد عندما خلد السيد فرانسيسكو للنوم رأى حلما غريبا.

لقد رأى رجلا ولم يستطع رؤية وجهه بالكامل، ولكنه تأكد من أنه رجل كبير في السن، وكان يكتب في مذكراته هذه بشكل مخيف، ويدعو للريبة، وكأنه خائف أو أنه يكتب في حالة خوف، يكتب على ضوء شمعة، وبواسطة ريشة وكان يكتب ثم يخفي كتابه تحت فراشه، بدا وكأنه في سجن.

الكثير من القهوة

في الصباح التالي أيقن السيد فرانسيسكو الذي قام من نومه متشوقا لإكمال العمل الذي كان يقوم به ليلة البارحة.

قام بتحضير طعام الإفطار وأحضر كل كتبه وأوراق وقلما والمذكرة وراح يبحث في الصفحات الأولى التي لم تكن تحتوي على أرقام وتواريخ.

لقد كانت كل صفحة من الكتاب تستغرق من الدراسة ساعات وساعات طويلة لأن السيد فرانسيسكو كان

يبحث ويقارن الحروف ببعضها كما أن خط صاحب المذكرة لم يكن جيدا جدا.

أعد السيد فرانسيسكو في ذلك الصباح حوالي الخمسة فناجين من القهوة.

الأب ألفونسو دي كابريا غابريلو

كان في الصفحة الأولى تعريف بصاحب المذكرة، وكان مكتوب ما يلي:

أنا الأب ألفونسو دي كابريا غابريلو

أعمل بكنيسة **القديس سان براين**

أعلم بأن الظروف صعبة وهذه السنة ستكون صعبة.

لقد توقعت الكثير وتوقعاتي بدأت تتحقق.

كما أتوقع بأنه سوف تعاد هذه السنة بعد ألف سنة من هذه السنة، أي عام 2024 لذا قررت أن أكتب ما سيحدث يوما بيوم.

وإن وجد أحدهم مذكراتي هذه سوف يعلم ما يحدث معي ومع كل من حولي.

ولا أظن أنه سوف تنجو الكثير من الكتب والمخطوطات خلافا لمذكراتي هذه، أظن أن الحكام سوف يقومون بما قلته لذا قاموا بزجي في السجن بعد أن تحقق الوعد.

رغم أن السيد فرانسيسكو قد كان يعلم جيدا بأن هذه المذكرة هي قديمة ورغم أنه تأكد من ذلك وألغى كل فكرة تدعو لأن تكون مذكرات شخص معاصر وهذا ما أكدته له أحلامه أيضا إلا أنه بدأ يشعر بشيء من الخوف وذلك انطلاقا من الكلام المكتوب في الصفحة الأولى.

الصفحة الرابعة

في الصفحة الرابعة كانت هناك كتابة غريبة عن باقي الكتابة، كانت بحبر أحمر اللون وكأنه قلم حبر عادي وبحروف بسيطة

إنـها

JMG

وكلمة ايجيبت

EGEPT

وسنة 1990

أشارت هذه الكلمات الثلاثة انتباه السيد فرانسيسكو فعلم بأنها تعني شيئا ما بل وظن بأن تلك الحروف الثلاثة قد تمثل اسم شخص ما والتاريخ يعني السنة التي تمت كتابة لتلك الحروف أو يوم عثور شخص ما على تلك المذكرة القديمة أو يوم قام بدفنها.

أما كلمة ايجيبت فقد أولها بأنها بأنها ولأن المذكرة كانت باللغة الهيروغليفية، فقد تكون مصدرها أو المكان الذي تم إيجادها بها.

كانت الاحتمالات كثيرة ولم يكن يستطيع السيد فرانسيسكو أن يتوصل إلى الحقيقة بناء على الاحتمالات.

الشاب الباحث

وفي مساء ذلك اليوم أخذ السيد فرانسيسكو تلك الكلمات الثلاثة التي وجدها على الصفحة الرابعة، الاسم ايجيبت والتاريخ.

وتوجه إلى مكتبة المدينة حيث يوجد قسم للبحث عن المعلومات وبعد أن وضع تلك الكلمات في كمبيوتر المعلومات الخاص بالأخبار والجرائد المحلية لعله يجد شيئا، فوجد شيئا حقا.

لقد ظهر له خبر عن شاب في نهاية الثلاثينات من نفس المدينة ولكن في الجانب الغربي بعيدا عنه

وكان اسم ج م ج

JMG

جيمس مورغان جيوفاني وهو شاب بريطاني من أصل ايطالي كان يعمل منقب آثار وقد توفي في حادث مأساوي في مصر، حيث كان في رحلة لاستكمال دراسته سنة 1990، وتمت إعادة جثمانه إلى المدينة لكي يتم دفنه في مقبرة المدينة.

هكذا حل السيد فرانسيسكو قليلا من اللغز، وعرف تفاصيل كيف أن وصلت هذه المذكرة إلى هذه المدينة وهي لا تنتمي إليها، يبدو أن الباحث في علوم الآثار جيمس هو من أتى بها إلى هنا.

أما هي فقديمة حقا، قديمة جدا، وهنا جاء الدور عليه لكي يبحث عن صاحبها الحقيقي، علّه يجد بعض المعلومات رغم أن صاحبها ذكر بأنها لن توجد بعده

معلومات لأن الحكام في تلك الفترة قد أموا بإحراق كل الأدلة والكتب والدفاتر لسبب ما.

صعوبات البحث

كان البحث صعبا بعض الشيء بالنسبة للسيد فرانسيسكو لأنه كان من الأفضل البحث في الكتب أو المخطوطات التي كانت باللغة القديمة أو الهيوروغليفية أو أي مستند مثل ذلك.

ولكنه قرر أن يبذل كل جهده لكي يفهم سر المذكرات رغم أنها لم تذكر شيئا يجعله يتمسك بها كل هذا التمسك

لم يستطع السيد فرانسيسكو تذكر اسم الأب صاحب المذكرة وهذا ما جعله يتوقف ببحثه هنا.

عاد السيد فرانسيسكو إلى بيته وأخذ قسطا من الراحة بعد ان تناول بعض الطعام، ثم استلقى على سريره فجاء ذلك الكلب الصغير وبدأ يشاكسه قليلا.

بعد أن لعب السيد فرانسيسكو مع كلبه قليلا ثم نظر من نافذته وعاد واستلقى على سريره فتذكر بأنه وكأنه قام بتأجيل فكرة موته، وأخذ المذكرة من على المنضدة قرب السرير وتأملها وراح يفكر في الموت والحياة، وما هو سر ذلك الأب (القس) لكي يكتب ويصر على كتابة مذكراته رغم أنه كان في السجن.

إنه أمر محيّر يبدو أن وراءه سرا ما.

سنة الموت

في المساء وبعد أن ارتاح السيد فرانسيسكو أخذ مذكراته وبدأ يقوم ببعض البحث في الصفحة الموالية فوجد بان القس يقول:

هذا العام أو هذه السنة التي أنا بصدد الكلام والكتابة عنها هي سنة صعبة وفيها أشهر صعبة جدا.

إنها سنة الموت.

سوف تعاد هذه السنة كل ألف سنة، وسوف تظهر معالمها في الشهر الثاني وتستمر الأحداث حتى الشهر الثاني التالي أي سنة كاملة.

إنها سنة الموت، موت لن يراه إلا من يستطيع رؤية الحق، شخص يستطيع ملاحظة شيء ما يحدث.

أول علامة

أول علامة هي جنازة جماعية، موت جماعي، حزن جماعي

لاحظ السيد فرانسيسكو بأن اليوم هو 01-02

مما يعني بان غدا هو اليوم الذي سوف تظهر فيه العلامة الأولى عن سنة الموت 7 وإذا ما حدث ذلك، إن ظهرت العلامات هذا يعني بأن هذه السنة سوف تظهر من جديد وبأنه قد مرّت 1000 سنة

كانت هي الأيام فقط المكتوبة على المذكرة وليس السنة، وهذا ما جعل الأمر أصعب لمعرفة متى يصادف مرور الألف سنة.

في البداية كان الأمر شبه بحث وإشباع رغبة وفضول، وهذا كان كل الأمر بالنسبة للسيد فرانسيسكو، لذا قرر أن يذهب في اليوم الموالي إلى بيت والدي ذلك الشاب جيميس عالم الآثار من أجل القيام بزيارة وطرح بعض الأسئلة.

في صباح يوم الجمعة 02- 02 من ذلك العام

قام السيد فرانسيسكو واغتسل وارتدى ملابس لائقة لمثل هذا المشوار، أعد فطورا جيدا وتناوله، ثم جهز بعض الأسئلة التي كان يريد لها بعض الإجابات، أطعم كلبه ثم خرج من منزله باتجاه بيت الشاب جيمس.

انطلق بحوالي الساعة العاشرة صباحا، وكان من المفروض أن يستغرق مشواره نصف الساعة، لقد كان الجزء الغربي من المدينة يقع وراء البحيرة.

لاحظ السيد فرانسيسكو بعد عبور البحيرة بأن هناك تجمعا كبيرا قرب المقبرة، ولم يفهم ذلك التجمع الكبير والذي كان يعتبر أكبر من تجمع جنازة.

بيت جيمس مورغان جيوفاني

وصل السيد فرانسيسكو إلى العنوان الذي كتبه على ورقة صغيرة، رن جرس الباب، ففتحت له الباب سيدة كبيرة السن، وسألته ما الذي تريده وعمن تبحث؟

سألها إن كان بيت جيمس فتأثرت كثيرا لسماع اسم جيمس، ثم أخبرته بأنها عمة جيمس وبأن هذا كان بيته فعلا.

دعته للدخول بعد أن اخبرها بأنه يريد أن يعرف بعض الأمور عن جيمس.

دخل السيد فرانسيسكو إلى ذلك البيت الجميل وعندما جلس في الصالون لاحظ وجود الكثير من الصور لجيمس، ومعه في الصور أشخاص آخرون، وقد تمكن من معرفته لأنه كان قد شاهد صورته في الجريدة في المكتبة بالأمس.

عندما عادت السيدة ميريث التي كانت تعد كوبا من الشاي لضيفها، سألها السيد فرانسيسكو عن والدي جيمس، فأخبرته بأنهما قد توفيا بعد وفاة ابنهما جيمس، فوالدته لم تستطع تحمل خبر وفاته، ومن شدة وقع الخبر عليها توفيت مباشرة، وأردفت قائلة:

لقد ناضل أخي وراءها لعدة أشهر وهو طريح الفراش ثم لحق بها.

تأسف السيد فرانسيسكو من السيدة ميريث عن ما حدث معهم وما سمعه منها، ثم سألها عن السبب الحقيقي وراء وفاة الشاب جيمس.

سألته السيدة ميريث عن مدى معرفته بابن أخيها جيمس، لأن سؤاله كان غريبا.

ارتبك السيد فرانسيسكو قليلا ثم اخبرها بأنه كان يجري بحثا عن علماء الآثار وخاصة الذين عايشوا القيل من الحضارة القديمة في مصر وبلاد المشرق، الشرق الأوسط.

اقتنعت السيدة ميريث بكلامه ولم تشك في أي شيء لأن الأمر كان يبدو طبيعيا ولا يدعو للشك.

في تلك اللحظة قامت السيدة ميريث بإحضار ألبوم الصور وراحت تحكي للسيد فرانسيسكو عن ابن أخيها المحبوب جيمس، ثم أخبرته لما انه كان مهتما بالآثار بأن هناك بعض الأشياء التي موجودة في صندوق ملك لجيمس ويمكنها أن تعطيه له فربما يكون فيه شيء مهم.

أحضرت السيدة ميريت صندوق ورقيا (كرتون) مليئا بالأغراض وأعطته للسيد فرانسيسكو، وأخبرته بأن أغلب الأغراض التي بداخله هي من مصر، كما قالت له بأن يستطيع أخذ الصندوق معه إلى بيته.

بينما كانت السيدة ميريث تحضر الصندوق مرت العديد من السيارات السوداء بالقرب من المنزل وأمنه رؤيتها من النافذة.

لقد شدت تلك السيارات انتباه السيد فرانسيسكو وأثارت فضوله، وعند عودة السيدة ميريث اخبرها بأمرها وبأنه رأى تجمعا كبيرا في طريقه إلى هنا، وسألها عما اذا كانت تعلم شيئا.

أخبرته السيدة ميريث بأن الأمر محزن للغاية، لكي فقد كانت هناك رحلة مدرسية وقد خسر الكثير من الأهالي أبناءهم، لقد حدث حادث وانقلبت حافلتان

كان حادثا مأساويا راح ضحيته أطفال كم المدارس المتوسطة والثانوية من خيرة التلاميذ المتفوقين.

وأكملت كلامها وقالت:

اليوم هناك عائلات كثيرة تجمعت لكي تودع أبناءها وتواري الجثث الثرى، انه أمر محزن للغاية، أنا اشعر بالأسى عليهم، ففقدان طفل ليس بالأمر السهل.

غادر بعد ذلك السيد فرانسيسكو وأخذ معه الصندوق الذي أعطته له السيدة ميريث، وبينما هو في طريقه إلى بيته، وهو يقود سيارته.

مر بجانب ذلك التجمع مرة أخرى، وهذه المرة رأى العائلات في انهيار وبكاء، وهناك الكثير من التوابيت على الأرض على امتداد النظر(في المقبرة).

كان المنظر مخيفا ويدعو للذعر، يجعل المشاهد يبكي دون إرادته، منظر مثير للشفقة على الأهالي المنهارين.

وعندما عاد السيد فرانسيسكو إلى بيته، دخل ووضع ذلك الصندوق على الطاولة، ثم أشعل التلفاز فإذا بهم يبثون خبرا يفيد بانفجار طائرة ويحصون ضحايا انفجارها، الكثير من الضحايا.

لقد تفاجأ السيد فرانسيسكو وشعر ببعض الخوف والقلق، استغرب كثيرا، فغير القناة وإذا به يجد الكثير من الأخبار كلها عن الحوادث والموت، الموت الجماعي وفي كل أنحاء العالم وبأسباب مختلفة، زلزال، فيضان، هجمات إرهابية وحتى مظاهرات شعبية انتهت بموت الكثير من المتظاهرين في بعض الدول.

أخذ السيد فرانسيسكو قسطا من الراحة، ثم تناول الطعام الذي أعده جلس ليرى ما في الصندوق.

وجد في الصندوق بعض التماثيل القديمة وكتب باللغة الهيروغليفية، و اللغة المصرية القديمة الفرعونية

والكثير من الصور لجيمس في الجيزة في مصر وصورا للآثار الفرعونية والكثير من الأوراق والمخطوطات.

وفي أسفل الصندوق كانت هناك رسالة بحث لجيمس، كان يقوم بها قبل وفاته، وأوراق كثيرة منها ملاحظات ونقاط متعددة.

كان هناك أيضا دفتر كبير الحجم به سلك في الأعلى، اعتقد بأنها مذكرة لتدوين الملاحظات ولكنه لم يكن يعلم ما بي داخلها.

وبعد أن انتقل بين هذا وذك، بين هنا وهناك، ولكنه لم يكن يفهم الكثير وخاصة عن تلك الأغراض القديمة.

وبعد ذلك أخذ السيد فرانسيسكو رسالة بحث جيمس وقرأ منها بعض الصفحات، واكتشف بأنه على ما يبدو أن جيمس قد كان جادا في دراسته وانه كان يعمل وفق خطة بحث معمقة في الآثار القديمة.

وهذا ما جعله يسافر لمدة سبعة أشهر إلى مصر، لكي يكون بحثه ميدانيا، ولكي يرى بعينيه المواقع والآثار

ولكي يضع يديه على المادة بشكل ملموس، لكي يكون اقرب إلى الحقيقة.

الغريب في الأمر هو أم الرسالة كانت قد شارفت على الاكتمال، ولكن على ما يبدو أن جيمس قد وجه تركيزه إلى أمر آخر وتوقف عن عمله في رسالته، وهذا ما يظهر في كل تلك الأوراق والملاحظات المدونة عليها.

وبينما كان السيد فرانسيسكو يقلب في كل تلك الأوراق والملفات لاحظ في دفتر الملاحظات وفي الصفحات الوسطى بالذات كتابة ولم تكن بالحروف الهيروغليفية ولا مثل باقي الكآبة على كل الدفتر التي كانت بالانجليزية.

لقد كانت فقرة كبيرة، هي فقرة واحدة، وعليها تاريخ، وتحتها ملاحظات.

جيمس والمذكرات

يبدو أن تلك الفقرة هي من وحي الأحداث التي كانت تحدث مع جيمس، وقد كتبها أثناء تواجده في مصر، لم يكن يكتب مذكراته بل كانت مشاعر وأحاسيس هاربة من مذكراته لتكتب على دفتر الملاحظات الخاص بدراسته.

فقد كتب ما يلي:

لقد قمت بعمل أرعن اليوم، وبينما أنا أقوم بأبحاثي، وأنا هنا في الجيزة، حيث الأهرامات، والكثير من الآثار، لقد دخل مع مجموعة من الأصدقاء إلى مكان

خطير، مكان ممنوع الدخول إليه، ولكنها كانت مغامرة وأرادت خوضها، ولو أستطع مقاومة الإغراءات.

لقد قمت بعمل أحمق، لقد رأيت في ذلك المكان أشياء كثيرة، وبينما نحن في رحلة تخييم (سفاري) دخلت ذلك المكان الذي عليه لافتة ممنوع الدخول، وتركت صديقة لي بالخارج.

لقد لاحظت وجود شيء عند رجلي، وعندما حفرت، وجدت كتابا صغيرا، كتيبا يشبه المذكرة وقد أخذته، أخذته لأنني أنا من وجده، ولو أعطيته لأي أحد كانوا ليسألوني من أين أتيت به، وأين عثرت عليه، كما أنني أردت الاحتفاظ به.

أرادت الاحتفاظ بالكتيب لأنه في نظري بمثابة الرسالة، بمثابة رسالة وجهت إلي أنا بالذات.

قررت أن آخذه، وقد أخذته، في الحقيقة عندما أخذته بين يدي شعرت بشيء غريب، وعندما خرجت من

ذلك المكان شعرت برعشة في كل جسدي، يبدو أنه قد نزلت علي لعنة من الحضارة القديمة، أظن أنني فعلت ما لم يجب فعله، أظن أنني فعلت أمرا محرما، لقد حلت علي لعنة ما.

لقد نمت تلك الليلة وقمت من نومي وجدت نفسي في العراء، وقد تعرقت كثيرا، ورأيت أشباحا أو شيئا مماثلا، ومنذ ذلك اليوم وأنا أحس بأنني مراقب، أو أنه أصبح معي مرافق، أو شيء من هذا القبيل.

وبعد عودتي إلى هنا، قمت ببحوث كثيرة حول تلك المذكرة، لكن لقد كنت أتوقف كل مرة ولم أكن استطيع إنهاء البحث، أظن أنني لست المقصود بتلك الرسالة، فهذه الرسالة لم تكن موجهة لي.

أظن أنني لعنت، أصبحت اشعر بأن الموت قريب، ليس الموت الذي في المذكرة، بل موتي أنا.

أنا أعلم بأنني سوف أموت قريبا، وسوف يحل لغز هذه المذكرة شخص آخر، شخص ما وفي يوم ما.

يوم يكون موعود له ومرهون به.

كانت هذه الكلمات متشائمة وقاسية، وقد أثارت مشاعر مختلطة في داخل السيد فرانسيسكو، الذي وجد بين الأغراض كتابا عن اللعنات القديمة، وأن من يقوم بأمر مخالف لقوانين تلك الحضارات سوف تلحق به لعنة ما.

تساؤلات..

أخذ السيد فرانسيسكو تلك المذكرة بين يديه وراح يقلبها ويتساءل في داخله هل من المعقول أن تكون هناك لعنة مرتبطة بهذه المذكرة، أو ما فيها، أو بأمر سرقة جيمس لها.

هل من المعقول أن تكون وفاة الشاب جيمس وبطريقة غريبة مريبة، وهو في عز شبابه وهو بأتم الصحة، هل من المعقول أن تكون وفاته بسبب اللعنة.

لم يكن السيد فرانسيسكو يميل لمثل هذه المعتقدات، بل كان يميل إلى كل ما هو علمي وواقعي، ولكن عندما

فتح المذكرة على الصفحة التي توقف فيها البارحة، فوجد ملاحظاته وترجماته التي كان يدونها على أوراق ويضعها في كل صفحة، فوجد التاريخ والتنبؤات بالموت.

ربط السيد فرانسيسكو ما قرأه بما حصل، بتلك الحادثة والأموات، والحوادث الأخرى التي رآها تعرض على القنوات التلفزيونية، كلها في يوم واحد.

الكثير من الموت وفي تاريخ مذكور في المذكرة.

لم يستطع السيد فرانسيسكو أن يصدق الأمر، واعتبره مجرد صدفة، رغم أن كل الأمور كانت تؤكد بأن الأمر ليس مجرد مصادفة، بل هو تنبؤ وتوقع وكما حدث اليوم قد يحدث إن كان التاريخ حقيقي، أي أن الفرق بين حدوث هذا الأمر لآخر مرة واليوم هو ألف سنة .

أخذ السيد فرانسيسكو أدواته، كتبه وقاموس الترجمة، وأخذ الصفحة الموالية والتي لم يكن بها تاريخ محدد، رغم أنها كانت مفصولة عن الصفحة التي سبقتها بخط.

أحداث متتالية

وبعد ساعات من الدراسة والبحث والترجمة وجد السيد فرانسيسكو بأن هذه الصفحة تتبع سابقتها ولكن فقط بالملاحظة والتعقيب وليست تتبعها بالتوقعات.

يقول الأب في تلك الصفحة:

قد لا يصدق من يرى ما يراه، وقد لا يصدق من يسمع ما يسمعه، ولكن من يمعن النظر ويدقق السمع والإنصات سوف يفهم ما يجري وما جرى.

الأحداث التي أكتبها هي ما حدثت معنا، وهي ما ستحدث بعد كل ألف سنة، وهي تحدث بعد الألف وألف بخلاف.

أي أنها تحدث بعد ألف سنة وبعدها ألف سنة ولا تحدث وبعدها هكذا، فهي تقفز أحيانا ألف سنة، ولكن ليس دائما، وهذا متوقف على الكواكب والنجوم، فعند اجتماع مجموعة من الكواكب سوف تمنع حدوثها، وفي حال عدم اجتماعها سوف تتحقق الوعود.

قام السيد فرانسيسكو بقلب الصفحة فوجد تاريخا جديدا، 7 -2 اليوم السابع من الشهر الثاني وتحت التاريخ ملاحظة.

عندما ترجم الملاحظة وجدها تأتي بما يلي:

إن الأحداث وبعد أن تعلن بدايتها بأول حدث والذي هو موت جماعي، وسوف يتوالى موت بعد موت، إلى أن يصبح بعد عدة أيام موت فردي.

وثاني حدث يحدث في هذا اليوم 7-2 أي بعد خمسة أيام من الحدث الأول.

قرر السيد فرانسيسكو أن يأخذ استراحة وتوجه إلى المطبخ وأعد وجبة، ثم توجه إلى غرفة الجلوس لكي يتناول طعامه وهو يشاهد التلفاز، فأخذ جهاز التحكم وغير بعض القنوات ليجد بأن هذا اليوم كان هادئا ولا شيء ذا أهمية يذكر في الأخبار

كان السيد فرانسيسكو يفكر فيما إذا كانت هذه السنة هي السنة الموعودة، ثم قال في نفسه بأنه لا يعلم بعد ما هو الحدث الثاني، ولكن إن صدف وحدث ستكون هذه إشارة وعلامة كبيرة.

في المساء خرج السيد فرانسيسكو ليشم بعض الهواء العليل ولكي يغير الجو، أخذ جولة حول بيته غير بعيد، وصل إلى الحديقة العامة وقد أخذ معه كلبه.

كان السيد فرانسيسكو يمشي ويتأمل حوله، ثم جلس في الحديقة وهو يتأمل البحيرة والحيوانات والتي هناك، والعصافير، فشعر بأنه اشتاق للهواء والطبيعة، وكأنه كان منغمسا في البحث والمذكرة التي وجدها، فنسي موضوع موته هو وانشغل بعام الموت.

لم يتراجع السيد فرانسيسكو عن فكرة الموت ومازال يريد أن ينهي حياته في يوم جميل ويليق بمناسبة مميزة بالنسبة له.

ولكنه قرر أن يؤجل هذا الموضوع إلى أن يترجم كل المذكرة ويفهم قصتها وما علاقتها بها لكي يجدها كما قال جيمس فإيجاده لها لم يكن صدفة بل هي رسالة وتعرف صاحبها.

بما أن السيد فرانسيسكو كان عالما لذا كان لديه حب للعلم والبحث وإشباع الفضول العلمي وإيجاد الأجوبة والحلول بعد وضع الاحتمالات والفرضيات، وهذا ما جعله يتمسك بالمذكرة وبالمعلومات الشيقة الموجودة فيها.

جدول وتوقيت

قرر السيد فرانسيسكو أن يكمل بحثه وأن يترجم كل المذكرة، وفي أقرب فرصة ممكنة من أجل التأكد من كل المعلومات الموجودة فيها، لأنه ومن مبادئ السيد فرانسيسكو في عمله وحياته هو التصديق بالاحتمالات وفتح باب أمام الفرضيات حتى إثباتها أو إلى أن يثبت العكس.

في الصفحة الموالية كانت هناك مجموعة من الملاحظات والنقاط التي تخص الأب ألفونسو

وعلى الصفحة التالية أيضا.

قرر السيد فرانسيسكو أن يكون كل وقته مخصصا لهذا العمل، فجهز جزء من صالونه، وأيضا الغرفة التي كانت مخزنا ووضع بها كل الكتب والأوراق والمخطوطات، وما قام بشرائه من المكتبة والأدوات التي استعارها وأيضا الأغراض والتماثيل والرسالة والبحوث التي حصل عليها من السيدة ميريث عمة جيمس.

وقام بوضع جدول ليومه وساعاته، وحدد كيف يجب أن يسير، مواقيت النوم والاستيقاظ، مواعيد تناول الطعام وشرب الشاي، وحصص للدراسة والبحث وحصة مطولة للترجمة.

وأيضا وقت لكلبه دوغلاس، ونزهة خارج البيت، ولم يضع فترة للراحة في ذلك الجدول معتبرا بأنه في فترة بحث مكثف وسوف يجد وسوف يجد في عمله حتى ينهيه، وأنه نتيجة الالتزام سوف يستغرق وقتا أقل لحل اللغز.

المذكرة لم تكن كبيرة الحجم ولكن صفحاتها كانت مليئة بالكتابة، وبما أن السيد فرانسيسكو لم يكن يجيد اللغة الهيروغليفية جيدا، بل يحتاج وقتا للبحث والترجمة.

بعد أن وضع السيد فرانسيسكو خطته للعمل بدأها على الفور، كانت ملاحظات الأب ألفونسو تفيد بما يلي:

الأحداث التي سوف تتوالى هي كلها أحداث متعلقة بالموت، وهي تمهيد لما سيحدث فيما بعد، أي الحدث الأعظم.

ليس كل الناس لهم علاقة بالأحداث هذه بل سوف تتوزع على فئات، فئات إلى أن يصل الحدث الأعظم والذي سوف ينال ويطال كل البشر، على اختلاف

الفئات واللغات والثقافات والطبقات الاجتماعية، ولن يردعه شيء.

وبعد ذلك تأتي الصدفة التي بها التوقع الثاني أو بالأحرى الحدث الثاني بتاريخ 7-2 أي بعد مرور خمسة أيام من الحدث الأول.

كانت هناك مشاعر كثيرة تختلج كيان السيد فرانسيسكو قبل أن يقرا احد التوقعات لأنه يكاد يوقن ويتأكد بأن ما سيقرأ ويترجمه سوف يحصل بلا شك.

وبالرغم من أن السيد فرانسيسكو كان عالما ولا يؤمن إلا بالنتائج ولكنه كان يقوم بتصديق الفرضيات حتى يثبت عكسها، وإحساسه العلمي كان ينبئه بأن كلام الأب ألفونسو فيه شيء من كبير من الصدق.

كما أن السيد فرانسيسكو كان لديه اعتقاد كبير بأنه قد تصدق كل التوقعات وبأن إيجاده لهذه المذكرة لم يكن

صدفة، أو تصرفا اعتباطيا، بل كان هناك سبب وهدف وراء كل ما حدث.

توقع يخص الطيور

في هذه الصفحة والتي لم يكن هناك الكثير من الكتابة عليها، كانت هناك بعض السطور، التي يتحدث فيها الأب ألفونسو عن الطيور.

يقول الأب الفونسو بأنهم قد استيقظوا صباح هذا اليوم على موت كل الطيور، وأنهم وجدوها بأعداد هائلة ميتة ومرمية في كل مكان.

كان كل الوز والبط ميتا، وحتى الدجاج والعصافير وفي كل مكان من البلاد، ولم يفهم الناس سبب موت

هذه الطيور، وكان مرضا قد حل بها جميعها في الليلة السابقة وقضى عليها.

الطيور ماتت ولم تمرض لكي يبحث لها عن علاج، ولكن كان يعتقد البعض بأنه ربما يعود السبب إلى وجود شيء ما في الهواء فقد نجت من الموت باقي الحيوانات.

أو بالأحرى الطيور التي لم تكن في الأعلى أو على السطح أو بالخارج، فقد كانت هناك بعض المزارع التي بها مربي الحيوانات والدواجن، فكان المكان مغلقا على الدواجن في المداجن ومزارع تربية الدواجن وفي أماكن مغلقة، فلم يلحق بها الموت.

أما التي كانت بالخارج فقد ماتت جميعها.

كما كان هناك اعتقاد آخر، وهو أن الطيور المهاجرة هي التي نقلت مرضا ما إلى الطيور المحلية، ولم

يتكرر الأمر فيما بعد، بل إن ما حدث في ذلك الليلة قد حدث في ذلك اليوم فقط.

في الصفحات الموالية كان الأب الفونسو يتكلم عن مدى حيرة الناس فيما حدث في الأيام الماضية، وحيرة الحكومة والخسارات التي تعرض لها الناس والحكومة على حد سواء.

وكان يقول بأنه لم يكن هناك احد يصدق ما كان يحدث، كما أنهم لم يكونوا يصدقون كلام وتوقعات القساوسة، وأيضا توقعات الأب الفونسو نفسه وهذا ما كتبه في مذكراته.

ويحكي عن توقعاته من خلال قراءته للنجوم والكواكب، ومن خلال دراساته التي كان يقوم، وأيضا بحسب ما كان يوجد في كتب المعابد والكنائس.

يقول الأب ألفونسو بأنه كان يتوقع حدوث الكثير من المشاكل والأحداث السيئة، والتي أخبر مجلس الأمة

بها، ولكنهم وبسبب بعض الأعضاء اعرضوا عن كل ما قاله لهم وهذا أدى إلى مصيبة عظمى، كما تم اتهامه بالشعوذة، وألقى به في النهاية في السجن، من أجل تفادي هربه أو تسريب الأخبار إلى الجهات المعنية أو الحكومة.

ويقول الأب ألفونسو بأن القادم أصعب، سوف نصل إلى مرحلة لا نكاد نستطيع التنفس فيها، ولم يكن تعبيره مجازيا بل كان يقصد كل حرف يقوم بكتابته.

كل تاريخ "حدث مهم"

لم يكن السيد فرانسيسكو يريد استعجال الأمور وكان يفضل أن يتأكد من بعض التوقعات، وأن يتأكد من حدوث الأمور كما هي، من أجل الوصول إلى نتيجة بأن هذه المذكرة تقصد هذه السنة بالذات.

وبأن الأحداث الأخرى والتي مازالت ضمنها قد تحدث يوما، ولكنه كان يتساءل، في حالة ما اذا تصادفت الأمور وحدثت بعض الظواهر بنفس التواريخ:

هل يعني ذلك بأن هذه المذكرة لم تعد أمرا خاصا، وبأنه يجب عليه اللجوء إلى الجهات المختصة،

أو عليه أن يقوم بترجمتها كلها، واختصارها ليعرف ما سيحدث على التوالي وبالترتيب.

كان السيد فرانسيسكو يتساءل هل عليه أن يقدم هذه المذكرة إلى أية جهة، فالأمر قد يكون أشمل، ولا يتعلق به هو لوحده.

وكان يتساءل أيضا:

هل يمكن أن يصدقه الناس بسهولة، أم أنهم سوف يعتقدون بأنه يقوم بعرض لجذب الانتباه أو لنيل لشهرة في حالة ما اذا لجأ إلى وسائل الإعلام.

كما كان يفكر بأنه ربما يتم اتهامه بأنه يقوم ببث الرعب في الناس.

كما كانت تراوده شكوك في حالة ما إذا لم تتوال الأحداث.

هل ستتوالى الأحداث فعلا؟

الكثير من الأفكار كانت تحوم في الفضاء وتدور في رأسه، تتباين بين السلب والإيجاب، تتراوح بين الصعود والنزول، ذهابا وإيابا، بين الخوف والإقدام على المجهول.

وبعد كل هذه الحالات، وكل هذه الظروف التي مر بها السيد فرانسيسكو قرر أن يجتهد في ترجمة كل المذكرة، وأن لا يتقيد فقط بالتواريخ ولا بالأحداث.

تحتوي المذكر على ثلاثون صفحة مهمة، وأكثر منها صفحات أخرى للملاحظات والتعقيبات، وكان فيها ما لا يقل عن عشرون تاريخا أو عشرون توقعا، وكان مكتوب تحت كل تاريخ "حدث مهم" وهذه الجملة أصبح السيد فرانسيسكو يعرفها جيدا

بل وأصبح يفهم الكثير من الكلمات التي أعيدت كتابتها أكثر من مرة، فقد كان يمتلك سرعة البديهة وذاكرة جيدة.

أخذ السيد فرانسيسكو كراسة جديدة وهو عازم على طريقة جديدة وأسلوب آخر في العمل، واخذ ينقل من المذكرة ويكتب في صفحات الكراسة كل التواريخ استعدادا للترجمة ولاختصار الأمور أو الأحداث والتوقعات تحتها.

فكانت الكتابة على كراسته كالتالي:

أول تاريخ:

02-02

التوقع: موت جماعي مفاجئ

ثاني تاريخ:

02-07

التوقع: موت كل الطيور المحلية والمهاجرة

وهكذا كانت هذه هي خطة العمل، وكان أمامه الكثير من البحث، ليلا ونهارا، صباحا ومساء، حتى أكمل السيد فرانسيسكو كل التوقعات وترجمتها، ولكنه لم يكن يأخذ إلا ثلاثة اسطر أو أربعة.

وكان يقوم بتجاوز الملاحظات والنصائح، غير انه كان يريد الاستعجال في الترجمة، وكان يضع في حسبانه بأنه سوف يقوم فيما بعد بترجمة ما بقي من الأمور، وأنه لا يريد إغفال حرف واحد، لأنه يعلم مدى أهمية كل ما هو في المذكرة.

ثالث تاريخ:

بعد 13 يوما

2-20

التوقع: كل السماء سوداء، غربان تغزو الفضاء وتحط على كل المنازل وتغطي الأسطح.

رابع تاريخ:

بعد 9 أيام

2-29

التوقع: اكتشاف حيوان غريب يظهر من العدم، لأول مرة تراه العيون، ولا يجدون تصنيفا له.

خامس تاريخ:

بعد 15 يوم

03-03

التوقع: تصنيف 33 نوع من الجراثيم الناتجة عن خطأ طبي ويتم احتواؤها دون تسببها في كارثة.

سادس تاريخ:

بعد 21 يوما

3-24

التوقع: هجين الطيور، يظهر 23 نوعا جديدا من الطيور.

سابع تاريخ:

التوقع: الأموات الأحياء.

خطأ في دفن لناس أحياء يظهر احدهم فيساعد الآخرين.

ثامن تاريخ:

التوقع: سحابة سوداء ومطر من الدماء.

التاريخ التاسع:

التوقع: موت ثلاثة رؤساء دول في أسبوع واحد.

التاريخ العاشر:

التوقع: حدث خطير في الخطوط الدفاعية بدون تدخل أي إنسان ولا توجد ضحايا.

في عصر السيد فرانسيسكو

((انفجار طائرات حربية بدون طيار ولوحدها في الكثير من الدول والكثير من الدول تخبئ الأمر ولا تذكره))

التاريخ الحادي عشر:

التوقع: ظهور ضفادع طائرة وسرعان ما تختفي من الوجود

التاريخ الثاني عشر:

التوقع: أمواج البحر الهائج تحتل بلدانا وتقتل كل سكانها

التاريخ الثالث عشر:

التوقع: ظهور مذهب جديد ينادي للسلام الداخلي وان كان يمكنك تحقيقه بالحرب على غيرك وقتله.

التاريخ الرابع عشر:

التوقع: انفجار المجاري أو ما يعرف بفيضان المجاري في الشوارع والشقق والبيوت والمنازل والمحلات والفنادق والمؤسسات.

إنه انفجار للحشرات التي تخرج من البالوعات والمراحيض وبشكل هائل ومخيف وغير مسبوق ويستمر ذلك الأمر الغريب لمدة يومان كاملان دون أن تنفع فيه مبيدات ولا مستحضرات تنظيف ولا غيرها كما أن كل تلك الأمور لن تكفي كل الناس ولن تكفي لكل تلك الحشرات التي سوف تخرج مثلما يخرج الماء من الصنبور.

التاريخ الخامس عشر:

فقدان الذاكرة أو ما يسمى بفقدان ذاكرة الوزراء في كل بلد سوف يتعرض أكثر من وزير إلى فقدان ذاكرة جزئي والأسوأ انه سوف ينسى كلما يخص وزارته، منهم من يعفى من مهامه ومنهم من يحاولون علاجه سرا دون الكشف عن مرضه.

ولكن ذلك المرض ليس دائما سوف تستمر تلك الحالة مع الوزراء لمدة تتراوح من شهر إلى شهرين، اقل مدة هي شهر ومن يتأخر في استعادة ذاكرته سوف يشفى بعد شهرين.

ومنهم من يعلنون عن ما جرى له فجأة ومنهن من لن يذكره الإعلام بشيء لأنه سوف يتستر عن الموضوع خوفا على منصبه، وسوف ينجح في ذلك ولكن هناك من يكشف أمره لأنه يشغل منصبا حساسا، في وزارة حساسة أكثر من غيره.

التاريخ السادس عشر:

التوقع: حيوانات تلد طفرات، حيوانات تلد مخلوقات غريبة ولول مرة دون أن يتم التلاعب في هرموناتها أو جيناتها ولكنها حيوانات في محميات وهي مع ذكور من جنسها وتزاوجت بشكل طبيعي إلا أنها تلد مخلوقات غريبة.

وليس الأمر يحدث لا مع نوع معين من الحيوانات فقط بل مع أكثر من حيوان وفي أكثر من قفص وأيضا في كثر من بلد.

ولكن تلك المخلوقات كلها لا تستمر في الحياة بل تموت بعد عدة أسابيع.

إلا محمية معينة واحدة من يقوم المسئولون فيها بالقضاء على تلك المخلوقات أما الباقي فإنهم يموتون من تلقاء أنفسهم.

ولن يشهدوا ولادات غريبة كتلك بعد ذلك.

التاريخ السابع عشر:

التوقع: الولادات العمياء

في الكثير من المستشفيات وعبر العالم، تولد كل المواليد الجدد عمياء، كلهم أطفال لا يرون.

وطوال أربعة وعشرون ساعة كل من يولد بتلك الطريقة حتى التوائم.

منها من يتلقى العلاج ومنها ما يستمر معه العمى.

التاريخ الثامن عشر:

التوقع: القمح الفاسد، في موسع القمح يجد الفلاحون بان كل المحاصيل فاسدة وعبر العالم ولا ينجون حبة قمح واحدة في ذلك الموسم، ولا حبة قمح واحدة.

التاريخ التاسع عشر:

التوقع: ظاهرة "الذهب المائع"

الذهب يصبح سائلا سواء في الخزانات الخاصة أو في المحلات أو في أي مكان.

سوف يتغير شكل كل الذهب لأنه سوف يميع ويصبح سائلا وكأنه يتعرض لدرجة حرارة هائلة ويصبح سائلا.

ولا تستمر تلك الظاهرة إلا لساعات معينة، ولكن تلك الساعات كافية لكي تغير شكل كل الذهب على الأرض.

التاريخ العشرون:

التوقع: "العطش القاتل"

سوف تجف كل المياه وفي كل مكان وعندما يستيقظ الناس سوف يكتشفون من انه لا يوجد ماء في

الحنفيات، الخزانات جافة، وسوف تجف القنينات والبراميل وحتى في السدود.

وسوف يستمر ذلك الحال لمدة يوم كامل ويستيقظ الناس في اليوم الموالي على أمطار غزيرة حتى تسبب بعض الفيضانات في بعض أنحاء العالم.

لقد كان مع كل تاريخ وتوقع بعض الملاحظات والشروحات والتفسيرات التي تمتد لعدة صفحات، ولكن السيد فرانسيسكو كان مستعجلا يريد أن يفهم الموضوع وان تكون لديه صورة على كل موضوع ثم يعود فيرجع إلى التفاصيل المتبقية.

تفاجأ السيد فرانسيسكو من كل ذلك الزحام لهذه المصائب، التي هي توقعات الأب ألفونسو، أو الأحداث التي حدثت في زمنه، فهل يعقل لكل هذا الكم من المشاكل والمصائب أن تحدث في عام واحد.

ولكن هل يعقل أن يتعرض البشر لكل لمثل هذه الأزمات، وكيف تمت نجاتهم منها، ولما كانوا في تكفير ونكران لما قاله القساوسة والأب الفونسو

ولكن ومن بين الأسئلة التي كانت تراود السيد فرانسيسكو هي:

ما هي القدرات الحقيقة التي كان يمتلكها الأب ألفونسو؟

هل كان مجرد أب وقس؟

أم أنه كان عالم فلك وأجرام سماوية؟ أم كان منجما؟ أم ماذا؟

ولماذا كانت الدولة ضده؟ ولماذا قاموا بحجزه والزج به في السجن؟

هل كان تكفيريا أو داعيا؟

أم أنه قام بما هو معارض للدولة، أم أنه اخبر الناس بأفكاره وهذا ما جعله يبث الرعب والهلع في الناس.

أصبح الفضول لدى السيد فرانسيسكو كبيرا حول هوية الأب ألفونسو وبحياته وعلمه ومجاله لأن هذا يعتبر من الحلول لهذا اللغز

الكارثة الكبرى

وبعد العديد من الصفحات التي تحكي حول ظروف الأب ألفونسو وحالته النفسية، وحول الظلم الذي تعرض له، والتعذيب، والتكذيب، وأيضا العقاب والسجن

وبعد صفحات كثيرة، كانت هناك صفحة أخيرة تحتوي على تاريخ جديد، وهي آخر الصفحات التي بها تاريخ ولكنها ليست الصفحة الأخيرة بالمذكرة

التاريخ الذي كان في أعلى هذه الصفحة كان 11-11 اليوم الحادي عشر من الشهر الحادي عشر نوفمبر

وتحته كتب الأب ألفونسو:

الحدث الأهم، الكارثة الكبرى، الموت الكبير

بالرغم من كل تلك الظروف التي مرت وبعد كل هذه الخسائر والموت وكل ما مر ولكنه الأصعب أصبح على الأبواب، فقد مر الكثير من الناس عبر تلك المدن وهناك من لم يمسهم ما حصل، وهناك من قضى عليهم نهائيا.

وبعد كل هذه الضربات التي تلقتها الدولة والحكومة، إلا أنها مشرفة على الأسوأ، فالأسوأ لم يحدث بعد

الأمر الذي كان على وشك الحدوث لا يبالي بالخسائر الاقتصادية، ولا يفرق بين سياسة وظروف اجتماعية، ولا يتغير بتغير الطبقات الاجتماعية، ولا باختلاف القدرات النادية.

وهذا الأمر هو أمر شامل عام، لا ينظر للون البشرة ولا يكترث للمذاهب الدينية، وليس له حدود جغرافية ولا أصول تاريخية.

في هذا التاريخ 11-11

سوف يظهر للوجود وباء ومرض جديد، سوف يراه العالم ولا يعرف مصدره ولا علاجه أحج، لأنه لا مثيل له ولا شبيه.

في هذا اليوم سوف يصاب الكثير من الناس بصداع نصفي، ولن تنفعهم كل الأدوية المعتادة، لن عرف الأطباء سببه، ولن يكتشف العلماء سبب ذلك، ولكن سوف يلاحظ الناس وجود دخان رمادي في السماء، ولا مصدر واضح له.

هذا الدخان لا ينبع من مداخن البيوت، ولا من المعامل، ولا من أي مكان، لقد بدا وكأنه دخان يتسرب من السماء، ويجوب الأرض، وربما يعتقد بعض الناس بأنه هو السبب وراء إصابتهم بالصداع.

من لا يتعرض للهواء لن يصاب بالصداع، ومن يصاب به قد يموت جراءه.

سوف لن يرحم أحد من هذا الصداع شيخا كبيرا ولا طفلا صغيرا، ولن يميز بين ذكر وأنثى، يمكن أن يخف قليلا ببعض الأدوية والأعشاب التي سوف اذكرها لاحقا، ولكنه لن يزول نهائيا، لن يختفي.

الصداع القاتل

سوف يحصد هذا الصداع القاتل الكثير من الناس والأرواح، بل ومنهم من يقول بإنهاء حياته بيده لأنه لا يستطيع تحمل قوة الصداع.

أما بالنسبة للدخان فإنه سوف يدوم لمدة سبعة أيام كاملة، وفي اليوم الثامن سوف تتساقط الأمطار لمدة سبعة أيام أيضا، ولن تكون أمطار خفيفة بل أمطار بصحبة الحجر البرد

من يخرج في هذه الأيام ويبقى تحت الأمطار والبرد لمدة نصف ساعة سوف يصح من الصداع ويشفى،

ولكن عليه أن يبقى تحت المطر والبرد وأن يتحمل زخاته وضرباته.

وأن يحافظ على التوقيت كل يوم نصف ساعة في نفس الوقت.

وبعد هذه الأيام الماطرة سوف تأتي سبعة أيام أخرى تهب بها رياح تقتلع الشجار وتهدم البيوت، لذا ينصح بعدم الخروج خلال هذه الأيام، وبعد 21 يوما سوف تشرق الشمس أخيرا، سوف تشرق شمس يوم جديد وعهد جديد

كانت كل هذه المذكرة بصفحاتها بمثابة مفاجآت، ولكنها ليست مفاجآت سارة، بل هي أمور تبث الخوف والرعب، والأمر الوحيد الجيد هو النصائح التي كان يقدمها الأب ألفونسو والإرشادات.

موعد النبوءة الثانية

اليوم وقد مرت ثلاثة أيام بعد تلك الحادثة التي كانت أول توقعات مذكرة الأب ألفونسو، وبقي يومان أو بالأحرى يوم واحد لأنه في اليوم الخامس سوف يكون موعد النبوءة الثانية، أو التوقع الثاني.

وقد قرر السيد فرانسيسكو بأنه سوف يتخذ إجراء ما في حالة ما إذا كان كل ما هو مكتوب سوف يتوالى بالحدوث.

وخلال هذه الفترة التي تعتبر صغيرة (ثلاثة أيام) استطاع السيد فرانسيسكو أن يقوم بترجمة المذكرة،

ليس كلها وإنما أكثر الأمور أهمية والتي كان يحددها من خلال بدايات الفقرات.

كما تعلم بعض الكلمات مثل ملاحظة إرشاد، نصيحة، توقع، حدث مهم .....، وهكذا أصبح بإمكانه قراءة المذكرة بشكل أكثر حرفية من الأول وهذا بالرغم من أنه لا يجيد اللغة الهيروغليفية

وإنما اجتهد في فعل ذلك دون اللجوء إلى أي شخص، بل اعتمد فقط على الكتب والمراجع التي تحصل عليها من المكتبة العامة ووجد البعض في صندوق جيمس.

مساعدة متخصص

مازال أمام السيد فرانسيسكو بعض الصفحات، والكثير من العمل، لكي يتأكد من صحة المذكرة كما أنه كان يريد اللجوء إلى أي شخص متخصص في التاريخ القديم ليساعده في العثور على أية معلومات عن الأب ألفونسو.

كما أنه كان يريد أن يعثر على أي شيء في المذكرة عن الحقبة الزمنية أو حتى أية أسماء أخرى قد تدل على ذلك.

كان السيد فرانسيسكو على معرفة بسيدة تدعى أنجيليكا موررايسن، وقد كانت في الماضي أستاذة التاريخ القديم، وهي صديقة مقربة لذا قرر آن يلجا إليها في هذه المهمة.

لقد كان بمثابة تحد بالنسبة السيد فرانسيسكو ولكنه قرر خوض هذه المعركة الخيرة في حياته، وأن يكرس لها أياما قبل أن ينهي حياته، وسوف تكون هذه بمثابة رسالة للعالم أو هدف من حياته التي لازالت مستمرة، إن كانت كما هي تبدو عليه.

وإذا مرت الأيام ولم يحدث أي شيء فإن السيد فراسيسكو يقول بأنه سوف يتذكر دائما أيامه الخيرة والتي كرسها لهدف نبيل لأمر كان يرى بأنه مهم.

فكل ساعة أو يوم في خدمة علم ما ليست بخسارة، وإن لم تعد على الجميع بنفع ما، فهي قد تعود على صاحبها بفائدة.

بعد أن أخذ السيد فرانسيسكو فترة للراحة إحدى الليالي التي أجهد نفسه كثيرا فيها، اعد طعام عشاء شهي، ولذيذ واستمتع بالاستماع لبعض الموسيقى، واستمتع بوقته مع كلبه الذي يحبه كثيرا.

مساعدة السيدة أنجيليكا

خلال تلك الليلة فكر السيد فرانسيسكو كثيرا، هل يذهب في ذلك المساء إلى السيدة أنجيليكا، أم يعتمد فقط على المعلومات التي عنده، ولكنه لم يصبر أكثر لعله يجد معلومات أخرى عن الأب ألفونسو.

وفي الأخير قرر أن يتوجه إلى السيد أنجيليكا بالمعلومات التي عنده، وهذا ما فعله، وقد أخذ معه بعض الأعشاب من حديقة بيته، أعشاب عطرية ومنها أعشاب طبية كانت تطلبها منه لأنها تحبها وتستعملها.

فالسيدة أنجيليكا تعيش في البيت الثالث إلى اليسار من بيته، أي أنها كانت صديقته وجارته، تعيش لوحدها ولكنها كانت ولزالت تحب التاريخ والبحوث كثيرا.

استقبلت السيدة أنجيليكا السيد فرانسيسكو ورحبت به ترحيبا حرا وفرحت كثيرا بزيارته لها.

وبعد استقباله، وبعد أن دخل إلى البيت وشرب كوب الشاي، أخبر السيد فرانسيسكو السيدة أنجيليكا بأنه يريد بعض المعلومات التي قد تكون موجودة في كتب التاريخ عن الأب ألفونسو.

وأعطاها كل المعلومات التي يعرفها عنه، الاسم بالكامل واسم الكنيسة التي كان تابعا لها، والزمن التقريبي حسب رأيه، أي انه اخبرها بأن القصة تعود إلى آلاف السنين ولكنه لم يخبرها بأي شيء آخر، سوى أن الأب ألفونسو كان في زمن ذكرت في أمراض أو وباء ما.

أخبرته السيدة أنجيليكا بأن هذا الاسم ليس بالغريب عن ذاكرتها، ولكنها لا تعرف بالضبط أين قرأته أو قرأت عنه، ثم قالت له بأنها عندما كانت في الجامعة وهذا كان قبل سنوات عديدة.

كانت قد أجرت بحثا عن اللغة الهيروغليفية، وأيضا عن مصر القديمة وقد تكون سمعت هذا الاسم في ذلك الوقت وخلال إجراءها ذلك البحث بالذات.

بعد ذلك طلبت منه بعض الوقت لكي تجري بعض الأبحاث، ولكي تبحث في كتبها، أبحاثها والملفات التي في مكتبتها، أرادت أن تبحث في ملفاتها القديمة، ولكنه طلب منها الإسراع قدر الإمكان، ولإصراره طلبت منه أربعة أيام.

لقد كانت السيدة أنجيليكا متفائلة، وكانت تشعر بوجود بعض المعلومات، بل وشبه متأكدة من ذلك.

يبدو أن ظنون السيدة أنجيليكا كانت صادقة، وقد كان حدسها على صواب، يبدو أن ذاكرتها قد كانت قوية، فقد وجدت بعض المعلومات المفيدة.

في اليوم التالي لأنه في تلك الليلة كان قد تأخر الوقت، وفور وجودها للمعلومات أرسلت في طلب السيد فرانسيسكو وأخبرته بما وجدت وأعطته كل الملفات والمعلومات التي قد تخدم بحثه دون أن تسأل عن حقيقة الأمر وسر باهتمامه بهذا الأب.

وأخيرا، ها قد تحصل السيد فرانسيسكو على الملفات التي بها معلومات قد تخدمه في بحثه، وقد يحصل على ما يريده.

في تلك الليلة سهر السيد فرانسيسكو لوقت متأخر، وبما أنه وجد معلومات وبحوث بلغته فهذا الأمر قد يخدمه كثيرا، ولم يكن مرهقا كما حدث معه حين كان يترجم المذكرة.

لقد وجد السيد فرانسيسكو بينما هو يقرأ ما جلبه من عند السيدة أنجيليكا معلومات عن الأب ألفوسو ذاته، وقد سر كثيرا لأنه امسك طرف الخيط، وحصل على المعلومات ووجد ملامح العصر الذي عاش فيه الأب ألفوسو.

أما الغريب في الأمر هو ذكر بعض الأحداث التي تعرض لها الأب ألفونسو في حياته، وأغفل الكلام عن وفاته أو طريقة موته، بل الغريب هو ما تم ذكره عن الأب ألفونسو أنه قد اختفى في ظروف غامضة ولم يكشف ما كان مصيره، وذلك بعد أن ماتت زوجته وابنيه بشكل مأساوي.

يقال أيضا بأن الأب ألفونسو قد كان ذا بصيرة نافذة، وقوة روحية فذة، وقد كانت له توقعات صادقة، ولكنه قد تم اتهامه بالشعوذة والهرطقة، وتمت محاربته من قبل رجال دين متشددين.

ومن أهم المعلومات التي ذكرت عنه، هو أنه كان متنبأ حقيقي، وأنه كان تقريبا يحدث كلما يقوله ويتوقع حدوثه، والمعلومة الأخيرة التي كتبت عنه والتي اعتبرها السيد فرانسيسكو أنها معلومة ذات أهمية بالغة هي أن الأب ألفونسو قد كان عالم أعشاب ويفهم في الطب البديل وكان ذا جدارة.

لكن علمه لم يتم التصديق به وخاصة بعد اتهامه بالهرطقة والسحر والشعوذة، ورغم ذلك كان لديه الكثير من الأبحاث في بداية حياته، المخطوطات التي كان يدون عليها المعلومات التي رأى بأنها ذات أهمية وبأنه يمكن الاستفادة منها فيما بعد، وقد كان حريصا على تدوين نتائج أبحاثه دائما.

لحد الآن، ومن خلال ما قراه ورغم التضارب في الكتابات والمعلومات المدونة عنه، فمنها ما ينصفه ومنها ما يهاجمه.

لكن السيد فرانسيسكو كان لديه إحساس جيد بهذا القس، وكان معجبا به رغم أنه لا يعرفه حق المعرفة، إلا أن شعوره به كان جيدا،

كما انه بدا في تصديقه من التوقع الأول له، ويكاد يتأكد وفقا لما قد يتحقق أو ربما ينكر ويتأكد من سلبية الموضوع وفق ما لن يتحقق، فقد يثبت انه كان صادقا أو مجرد مشعوذ كما تم اتهامه.

ارتاح السيد فرانسيسكو وشعر بأن الضغط الذي عليه خف قليلا، فقرر أن ينام، لأنه سهر كثيرا تلك الليلة ولم ينتبه للوقت.

حلم غريب

خلد السيد فرانسيسكو للنوم وخلال نومه راوده حلم، لقد رأى في حلمه رجلا كبيرا في السن بلحية بيضاء، ومن مظهره وملابسه يبدو قسا، فأعطاه شيئا ما بيده، وأوصاه بأن يحمل الراية بعده.

وأن ينقذ ما أمكنه إنقاذه، كما أوصاه بأن يثق بنفسه وفي قدراته، وان يثق في إحساسه وشعوره، وأن يستفتي قلبه ويتبع ما يمليه عليه.

كان ذلك الحلم بمثابة الرسالة، وكان السيد فرانسيسكو أن يفهم الرسالة التي تلقاها بالشكل اللازم.

صباح اليوم التالي، استيقظ السيد فرانسيسكو وأول ما فتح عينيه، تذكر ما رآه في حلمه، والذي لازال عالقا في ذهنه، استغرب قليلا من ذلك الحلم، لكنه لم يكن يريد أن يستعجل في فهم ما فيه من رسالة وما يحمله من معاني.

اعتقد السيد فرانسيسكو بأن الشخص الذي رآه يمكن أن يكون الأب ألفونسو لأن كان لديه تصور في ذهنه وذلك انطلاقا من معلوماته، وبناء على ما قرأه عنه، وما وجده مكتوب عنه من وصف.

قام السيد فرانسيسكو من سريره ثم تذكر عندما نظر إلى الساعة بأن اليوم، هو اليوم الموعود للتوقع الثاني، والذي يقول بأنه سوف تموت الكثير من الطيور.

فتوجه إلى النافذة ونظر ليجد بأن الجو هادئ ولا يبدو على الشارع أية علامات أو أي أمر يدعو للقلق.

دخل إلى الحمام وغسل وجهه، ثم خرج ونزل إلى الطابق الأسفل حيث توجه إلى المطبخ، وضع القهوة على النار ثم ذهب إلى التلفاز وشغله، وإذا بالمفاجأة هناك.

فبعد أن غير بعض القنوات، ومر على قنوات الموسيقى وقنوات مخصصة للأطفال وضع قناة الأخبار التي كانت تعرض أخبار عن موت الطيور، طيور ميتة في كل مكان من العالم.

وكانت الصور مخيفة، بل مرعبة، ومن مناطق كثيرة من العالم منها المنطقة التي يسكن بها السيد فرانسيسكو، لأن النشرة كانت محلية وبعض الأخبار الدولية، أما القناة فمحلية.

سارع السيد فرانسيسكو بارتداء ثيابه وغادر المنزل، خرج من البيت لي يرى ما الذي يحدث بالخارج، لقد كان المنظر مخيفا والرائحة سيئة، وعندما وصل إلى

البحيرة كانت مليئة بالإوز النافق، كان مهاجرا وقد وصل قبل يومين.

وجد العديد من المزارعين وأصحاب المداجن في طريقه وهم يصرخون ويبكون على الخسائر التي تكبدوها، والمصيبة التي إصابتهم.

رغم أنه كان يتوقع حدوث ما حدث، ولكنه كلما رأى بعينيه ما هو متوقع خاف واهتز كيانه.

عاد بعد ذلك مسرعا إلى بيته، دخل وتنفس قليلا لأنه كاد يختنق خارجا، وغسل يديه ووجه، ثم جلس يشرب قهوته ويفكر قليلا بما حدث هذا الصباح، وقد مازال التلفاز مشغلا ولكن كان قد اخفض صوته.

بعد ذلك صعد وأحضر ملفاته وراح يصنفها وكأنه لا يصدق ما حدث.

بعد أن تأكد مما حدث، وبأن هذه الأحداث سوف تتوالى، فكأنما حدوث أي توقع هو بالتأكيد يؤكد صحة

كل التوقعات، وان كلما هو مكتوب سوف يحدث لا محالة

مسؤولية كبيرة

أصبحت المسؤولية كبيرة عليه، وقد أصبحت نسبة تأكده من الموضوع كبيرة، فقد أصبح الأمر واقعا بالنسبة له بنسبة تفوق الثمانين بالمائة، قرر أم يجد طريقة لكي يجنب الناس المصائب التي سوف تحدث وفق تواريخ معينة وحده من يعلمها.

عاد السيد فرانسيسكو إلى بحوث السيدة أنجيليكا وكتبها لكي يحدد معالم ذلك العصر، من أجل أن تصبح لديه قاعدة علمية يناقش بها من قد ينعته بالمجنون.

وبعد أن جمع كل المعلومات أصبح الحل الوحيد أمامه هو الانتظار، لقد قرر أن ينتظر التوقع الثالث والذي سوف يحدث بعد 13 يوما، ولكنه لم يكن يمتلك الصبر للانتظار، لذا توجه إلى السيدة أنجيليكا وأخبرها بما كان يقوم به من أبحاث.

ولكنه في الحقيقة لم يخبرها عن مذكرة الأب ألفونسو، بل كان موضوعه يدور حول إمكانية عودة هذا العصر بمعالمه للظهور والأمراض التي حدثت في ذلك الوقت والمصائب.

وبما أن السيدة أنجيليكا مثقفة وتفهم في التاريخ تقبلت كل الكلام الذي قاله لها السيد فرانسيسكو بشكل جيد، بل وتناقشت معه في العديد من الجوانب وتباحثا كثيرا في الأمر رغم أنها لم تكن تؤيد فكرة أن يحدث ما قد حدث سابقا وقبل الآف السنين، وخاصة فيما يخص الأمراض والأوبئة التي لم تكن بمثل الخطورة سابقا، بل ولم تعد مشلكة أمام العلم اليوم.

فالمفارقة بين العصر الماضي وعصرنا اليوم، وهذا ما جعلها تغلق بعض الأبواب في وجه أبحاث السيد فرانسيسكو.

وبعد عودته إلى بيته ورغم استقبال السيدة أنجيليكا لنظرياته بشكل جيد إلا أنه خاب أمله فكيف لمن يجهل بالأمر من عامة الناس أن يصدقوا كلامه هذا، لقد أصبحت المسؤولية كبيرة جدا والحمل أثقل بكثير.

هكذا اقتنع السيد فرانسيسكو بأن الأمر صعب، وبأنه أمامه تحد كبير ومسئولية كبيرة جدا، قرر السيد فرانسيسكو أن يصنف بحوثه، وان يضع لها فرضيات واحتمالات وأدلة وبراهين، اعتمادا على الحقب الماضية ومظاهر العصور التي كانت بها هذه

الأمراض والمصائب، وأن ينتظر حتى الحدث الثالث، وان يبحث عن جهات تدعم بحثه وما توصل إليه، وهذا كلما كان أمامه من حلول.

تفسيرات منطقية

بعد مرور عدة أيام وبعد أن قامت السلطات بالتفسير المنطقي لموت الطيور، والذي يفيد بأن الطيور المهاجرة قد حملت مرضا معديا ومميتا وهذا ما أصاب الطيور المحلية وأدى إلى إصابتها وموتها كلها.

كانت تعليقات الدولة والجهات المعنية على الموضوع مبررة ومبنية على أسس علمية وقد تم وضع أسباب لكل ما يحدث، فلا تترك المجال للشك أو قول كلام غير ذلك.ولا مجال لأي إدعاء قد يكون خاطئا.

في تلك الفترة قام السيد فرانسيسكو بإجراء بعض الاتصالات كتمهيد من أجل وضع الناس في الصور، لكي يعلم العالم ما يقوم به من أبحاث وخاصة أنه عالم وكان له تاريخ، كما أنه معروف في مجاله، ولكن بحثه هذه المر ة جاء مختلفا.

مرت الأيام ولم تأت محاولات السيد فرانسيسكو بنتيجة ملحوظة.

مرت الأيام وتوالت الأحداث وتحققت كل النبوءات ولم يعترف العلماء والباحثون ببحوثه رغم كلما قدمه من أدلة وتوقعات، فكان هناك من اتهمه بالسحر والكذب، وهناك من اتهمه بالتسلق وحب الظهور والشهرة.

أما البقية فقد قاموا بتفسير كل تلك الظواهر بتفسيرات اقرب إلى المنطق وربطوها بأسباب واقعية.

مرت الأيام وتوالت الأحداث وأصبح الأمر أصعب فأصعب، وكل يوم تأزم الأمور فيشعر السيد فرانسيسكو لمسئولية أكبر تجاه الأمر الذي أصبح

حقيقة، وأصبحت حقيقة أن أعظم مصيبة على وشك الحدوث

واصل السيد فارنسيسكو أبحاثه وأكمل ترجمة كل كلمة وحرف جاء في المذكرة الخاصة بالأب ألفونسو وشعر بأن كلما حدث مع الأب ألفونسو يحدث معه هو أيضا، فهو لم يصدقه أحد ولكنه أصر على إثبات وجهة نظره، وأكمل عمله من أجل إنقاذ البشرية، من أجل إنقاذ أرواح أبرياء لا ذنب لهم.

عرف السيد فرانسيسكو معنى الحياة ومدى أهمية الحياة رغم أنه كان يريد وبكل قواه العقلية إنهاء حياته، لم يكن هذا من باب كرهه للحياة بل من باب آخر، فقد كان يرى بأن قد تجاوز كل أهدافه في الحياة وآن وقت فعله لذلك، دون أن يترك مجالا للقدر.

لم يكن يريد أن يترك مجالا للقدر، من أجل اختيار يوم لوفاته يكون يوما مميزا يوم يليق بان يكون آخر يوم له

على وجه الأرض، وان يكون يوم من اختياره فالمناسبة تخصه وهو صاحب الحق في الاختيار للتاريخ المناسب.

استمرار المرض القاتل

أصبحت رسالة السيد فرانسيسكو وهدفه اليوم إنقاذ حياة الناس، وبعد ذلك يأتي دور موته الذي مازال يريده كما يتمناه وكما يحلم به.

وجد السيد فرانسيسكو في آخر مذكرة الأب ألفونسو نصائح أخيرة عن المرض الذي يأتي في آخر التوقعات، وشرحه شرحا مفصلا، وبين أسبابه، كما بين كيف يصيب الناس ثم تطرق إلى كيفية علاجه.

لقد شرح كيف يصيب الناس وفي أي جزء من الرأس بالضبط، وشرح أعراضه، وعواقب الإصابة به،

وتطوراته، ومراحله، والمدة التي يبقى في رأس المصاب، وكذلك الموت به، والتخفيف من الآلام.

وآخر شيء تطرق إليه هو إمكانية العلاج أو كيفيته.

على ما يبدو أن هذا الصداع القاتل قد فتك بالكثيرين وأودى بحياتهم، بل ومنهم من اضطره إلى إنهاء حياته من شدة الألم وقوته.

تأخر الأطباء والعلماء كثيرا لإيجاد علاج له، وبعد مرور أكثر من ستة أشهر راح خلالها ضحية هذا الصداع الكثيرون، الآلاف من مختلف الفئات العمرية.

البحث عن العلاج

توصل الأطباء إلى أن العلاج يكمن في عشبة برية وتم ذكر اسمها في المذكرة، ولكن السيد فرانسيسكو لم يتمكن من معرفتها لاختلاف أسماء الأعشاب.

يتم غلي العشبة وسقايتها للمصاب بدل الماء وبدل أية سوائل أخرى، لمدة لا تقل عن العشرة أيام، كما توضع كمادات من أوراقها العريضة، ويغلف بها رأس المصاب لمدة سبعة ليالي.

وسوف يصحو بعد ذلك متعاف بإذن الله، ولكن رغم كل شيء لقد مات الكثيرون خلال الغيبوبة أو السبات، ولكن هذا هو ما تم التوصل إليه من علاج.

حدث ما حدث حتى حار العلماء وكره الناس من تبريرات الدول واللامبالاة وحاولت التستر عما يحدث فعلا، لقد أصبح الناس يعيشون في خوف دائم.

السيدة أنجيليكا بدأت تصدق السيد فرانسيسكو واعتمدت كل أساليب الوقاية وأصبحت محصنة ضد الأزمات المتوقع، وهناك قلة قليلة من أصحابها ومعارفها من فهم الأمر على حقيقته.

من أصدقائها أساتذة وبعض الباحثين الذي كانوا قد اطلعوا على بحثه الذي قدمه، وصدقوا كل ما جاء فيه لذا إتخذوا احتياطاتهم.

وعندما حل اليوم الصعب والموعود، والذي يحمل معه الكثير، والذي جاء لمن كان ينتظر ولمن لم يكن ينتظره، ولمن لم يكن يعلم عنه شيئا.

وهكذا جاءت الأيام السبعة التي تحمل الدخان، وكل من تعرض له أصيب بالصداع النصفي، وهذا ما جعل العالم في حيرة ويقف عاجزا أمامه، فقد كان صداعا قويا ولا تنفع معه الأدوية.

فاجأ هذا الصداع كل الناس منهم الأطباء وغيرهم من العامة.

كل من سمع به قبل حدوثه ضحك على كلام السيد فرانسيسكو، ولكن وبعد وقوع البلاء أصبح الناس في حيرة من أمرهم، وفي عجز وخوف وهلع.

وبدا الصداع يحصد الأرواح.

لقد نجا منه فقط من لم يتعرض لذلك الدخان الغريب، ومجهول المصدر، وكأنه يتسرب من السماء فعلا، وكأنه يخرج من الغلاف الجوي.

نجا فقط من كان في مكان مغلف أو تحت الأرض أو كل من وضع قناعا عند الخروج مثل الأقنعة الواقية من الغازات مسيلة الدموع، ومن لم يسمح بدخول ذلك الدخان إلى بيته ولم يقم باستنشاقه.

أحلام عن العلاج

وعندما حلت هذه الأزمة، وبعد أن حدثت وأعجزت العالم، وتأكد الناس من أن كلام السيد فرانسيسكو، توجه إليه الكثيرون لطلب المساعدة منه، وتم الاعتراف بصحة كلامه.

قدم السيد فرانسيسكو تلك الأوراق البحثية عن العلاج بعد مرور أيام وأيام جعلت الناس يتساقطون جراء الصداع القاتل، والذي لا علاج له، فأضطر الكثيرين للانتحار من شدة الألم لمعرفتهم بأنه لا علاج له.

كانت الدول تتسابق لإيجاد علاج له، أما الدولة التي فيها السيد فرانسيسكو الذي تنبأ بالأمر وذكره لأول مرة فقد كان العلماء فيها يبحثون عن تلك العشبة النادرة والتي لم يعرفوا حتى اسمها.

بعد بعض الوقت، وبعد أن راودت السيد فرانسيسكو الكثير من الأحلام عن الأب ألفونسو، وبعد مرور الكثير والكثير من الوقت، وقد كان يعطيه في كل حلم دليل يجعله يقترب من شكل ونوع ولون ومكان نمو تلك النبتة، بل وحتى فرعها ونوعها.

الطب البديل

بعد مرور أيام جديدة ظهرت فتاة كانت تجري بحوثا في الطب البديل، فتوجهت إلى السيد فرانسيسكو وأخبرته عن أبحاثها التي كانت تجريها عن الإغريق واليونان والمصريين القدامى، وعن الأعشاب.

بعد أن تعرف عليها وعلم أنها فتاة جادة وأن بحوثها هادفة، أخبرته تلك الفتاة سيرانتا بأنها يمكن أن تساعده في التعرف على تلك الأعشاب النادرة والتي يمكن أن تعالج الناس.

كما أخبرته بأنها مستعدة لأن تقوم بإكمال بحوثه حول كيفية العلاج بتلك الأعشاب، وأيضا في حال عثورهم عليها، فيمكنها أن تبحث عن الظروف والمناخ والتربة الملائمة لزراعتها من أجل توفرها وعدم ندرتها.

في تلك الأثناء كانت الدول مستمرة في البحث عن علاج وعدم الاتكال على نصائح السيد فرانسيسكو، التي لا تقودهم إلى شيء، خاصة أن العشبة التي كان يتكلم عنها مجهولة.

البحث حيث المصدر

وبعد ذلك قام السيد فرانسيسكو بالاتفاق مع الفتاة سيرانتا على السفر إلى الإسكندرية واليونان للبحث عن العشبة حيث مصدرها.

تبنت إحدى الجمعيات مشروعهما البحثي، وبالفعل سافرا إلى الإسكندرية وقضيا فيها بعض الوقت، ولكنهما لم يتمكنا من التفاهم مع سكان المنطقة الأصليين لاختلاف اللغة وأيضا لأن بحثهما.

كان متقدما فأحسا بأن الحياة هناك لم تكن بمثل ما اعتقدا ولا تسير الأمور بنفس السرعة في بلدهما، فلم يكن الأمر مساعدا لهما لذا سافرا إلى اليونان والى قبرص بالذات.

ابنة البحر المتوسط

هناك كان شيخ معروف في علم الأعشاب، تعرفا عليه بنصيحة من أحد الأصدقاء وبعد وصف السيد فرانسيسكو للعشبة له، وأيضا من كلام سيرانتا عنها أخذهما إلى مشتل لديه في مزرعته التي كانت تبعد عن قبرص حوالي 50 كيلومترا، وهي بالقرب من البحر.

وعرض لهما الكثير من النباتات التي كان يشك بها، ثم أخبرهما بأنه لدى حفيدته نبتة لا يعرفها، كانت قد تلقتها هدية من جدتها والدة والدتها، وقد أحضرتها هنا

الصيف الماضي من الإسكندرية، والغريب في النبتة هو أنها تسقى بمياه البحر، مياه البحر الأبيض المتوسط بالذات.

وهذا ما جعلها تتشبث بها وتدعوها بالنبتة النادرة، فقد سقتها بمياه عادية فكادت أن تموت، وهذا ما جعل حفيدته تطلق عليها ابنة المحيط المتوسط وقد أخبرتها جدتها بسر سقايتها.

استدعى ذلك الرجل حفيدته وطلب منها أن تعرض لهم النبتة التي تمتلكها، فقالت لهم:

هل انتم مهتمون بنبتة جدتي؟

ابنة البحر المتوسط؟

ولكن إياكم أن تستنشقوا أزهارها لأن جدتي قالت بأن في الأزهار حشرات دقيقة لا يمكن رؤيتها وهي ضارة تهاجم الأنف وتجعل أتنفس صعب جدا.

ولكن لا تقلقوا أزهار نبتي ليست ضارة بل هي مفيدة لأنني كنت أجفف تلك الأزهار تحت أشعة الشمس الحارة فتموت الحشرات التي بها، وبعد ذلك أقوم بغليها في الماء وأشرب منها وأسقي جدي أيضا وبعض الجيران لأنها تخفف ألام الصداع.

سر الباحثان لسماع ذلك المكان وتفاءلا لأنه ربما تكون هي النبتة المنشودة وخاصة أن كلام البنت يثبت أن هذه النبتة تعالج الصداع وذلك بالتجربة.

عندما رأى السيد فرانسيسكو الزهرة أو النبتة لم يصدق ما رأته عيناه، إنها النبتة نفسها بعينها، إنها النبتة التي رآها في حلمه، والتي لم يكن يعرف اسمها، نفس النبتة بأوراقها العريضة التي تصلح للعلاج، ولها أزهار صغيرة جدا بلون بنفسجي، لم يعرف فائدتها.

كانت الفتاة الصغيرة سيرانتا تمتلك إصيصا ليس كبير به تلك النبتة، التي كانت تدعوها بالنادرة، كما أنها

غالية عليها ولا يمكنها أن تفطر فيها، لا يمكن أن تخسرها ولا أن تعطيها أو تبيعها.

قام السيد فرانسيسكو وهو على علم ويقين بان تلك النبتة هي النبتة المنشودة بطلب النبتة من الفتاة الصغيرة ولكنها رفضت بالطبع في بداية الأمر.

ولكنه وبفضل حنكته وطريقته وأسلوبه أقنعها في الأخير ببيع النبتة للدولة (دولته) من أجل هدف نبيل وهو إنقاذ حياة الكثير من الناس والمساعدة في علاجهم، سوف تساعد الملايين من الناس وعبر أنحاء العالم.

لقد نجح السيد فرانسيسكو في إقناع فتاة تبلغ أربعة عشر سنة وبفضل أمر هي تمتلكه وتحبه كثيرا لتقرر مصير حياة الكثير من الناس لوحده.

لم يتدخل جدها لأن النبتة لها وهو يعلم بأنها تحبها كثيرا رغم أن السيد فرانسيسكو قد لجأ إليه في البداية

لكي يساعده في إقناع الفتاة الصغيرة، ولكن السيد فرانسيسكو قد نجح في إقناعها.

بعد ذلك أخبرها السيد فرانسيسكو أنه يجب عليها أن يسافرا معه الطفلة وجدها ومع سيرانتا إلى بلدهما من أجل أخذ النبتة لإجراء البحوث عليها والتجارب الكثيرة، ومحاولة إنتاج دواء وعلاجات منها، واخبرهما بأنه سوف يتكفل هو وجمعيته التي ترعى بحثه وسيرانتا بتكاليف سفره الفتاة وجدها، واخبرهما بان كل خطوة سوف تكون بمقابل مادي حتى يتم استخلاص الدواء.

وافقت الفتاة بعد توجيه جدها لها دون أي ضغط عليها، وسافرا مع السيد فرانسيسكو، وقد تم استعمال القليل منها فأتت بنتيجة جدية وأثبتت قدرتها العلاجية، وأعطت نتائج ايجابية على بعض المرضى.

بعد ذلك قامت الشركة التي تكفلت بإنتاج العلاج بزراعتها ولكنها لم تكن تقبل السقاية إلا بمياه البحر الأبيض المتوسط وهذا ما جعل الشركة تأخذ كمية من المياه من أجل السقاية في بداية الأمر والنظر في هذه المشكلة وتحليل المياه لاكتشاف السر الذي بها.

كان للطفلة شرط في بداية الأمر وهو أن يأخذوا فقط جزء من نبتة جدتها وليس كلها.

كانت البحوث تجري على قدر وساق، وفرح العلماء بإيجاد العلاج لهذا المرض القاتل، وعاد الثناء على السيد فرانسيسكو وجهوده المبذولة.

قامت الصحف والمجلات والتلفزيونات باستضافة السيد فرانسيسكو لإجراء لقاءات معه وقد ذكر مساعدته سيرانتا وأثنى على جهدها وحبها للبحث ... كما تقدم بالشكر للفتاة الصغيرة التي أعطتهم الحق في استعمال نبتة جدتها التي تحبها كثيرا فهي آخر هدية تلقتها من جدتها الراحلة.

بعد الكثير من الدراسات والبحوث والتجارب تم تصنيع دواء، ولم يكن الأمر فقط باللجوء إلى النبات بالطريقة التقليدية وانتظار نموها بل تم الاستعانة بالمخابر والعلماء لكي يتم تصنيع دواء وأرسله إلى الكثير من الدول.

فقد كان هناك مرضى يعانون في كل أنحاء العالم ومنهم من لم يكن لينتظر الكثير من الوقت لنمو النبتة، ولكنها بالطبع كانت هي الأساس فقد تمت زراعتها بكثرة وفي مشاتل مخصصة لها.

تلقى السيد فرانسيسكو جائزة نوبل للسلام تقديرا لجهوده وبحثه الذي أنقذ العالم، وتم تكريمه في الكثير من المحافل الدولية والعالمية.

جائزة نوبل للسلام

جاء يوم تسلمه للجائزة "**جائزة نوبل للسلام**" لقد كان اسعد يوم في حياة السيد فرانسيسكو، فقد كان يقسم بأنه أجمل يوم في حياته كلها، في ذلك اليوم لقد تلقى الكثير من التهاني على تفانيه في بحثه وعلى الجهد الذي بذله.

تلقى التهاني من مختلف المقامات الدولية ومن مختلف الأشخاص اللامعين في مجالات مختلفة، ومن أناس في مختلف الطبقات والقيادات العالية، فكان يشعر

بالسعادة الغامرة، حتى انه كان يقول:

لم أكن أتخيل أنه قد يمر عليا يوم أجمل من هذا اليوم

والدموع في عينه.

عندما عاد السيد فرانسيسكو إلى بيته، وخلد إلى فراشه وهو يتأمل تلك الجاهزة التي كرم بها، والتي كانت موضوعة على الطاولة بجانب سريره، وقبل أن يغفو قال جملة خطرت بباله وخلد إلى النوم بسلام، كان قد قال:

يا له من يوم جميل..

يا له من يوم جميل للموت.

وخلد إلى يوم عميق ولم يستيقظ منه أبدا.

وكأنه كان يعلم بأنه فعلا يوم مناسب للموت في وجه نظره، أو أنه يوم مقدر لموته.

ورغم كل ذلك لم يكن فقط يوم جميل للموت بل كان يوم مقدر للموت

يوم مقدر لموت شخص جميل، شخص نزيه، نبيل ومجتهد.

شخص كانت له رسالة في الحياة

أجمل يوم في الحياة

لقد كان ذلك اليوم جميل للحياة وجميل للموت، فقد عاش السيد فرانسيسكو أجل أوقاته وحقق أجمل أحلامه في ذلك اليوم، وخلد إلى حضن الموت في يوم اعترف بأنه أيضا يوم جميل للموت، وكأنه استطاع في النهاية اختيار اليوم المناسب لموته وقد كان هو أجمل يوم مر عليه في حياته.

Sommaire

اختيار يوم جميل 5
اليوم المناسب.. 9
مذكرات السيد فرانسيسكو.. 11
ساعة المذكرات.. 13
كنز في الحديقة 14
بحث مثير 21
الكثير من القهوة 24
الأب ألفونسو دي كابريا غابريلو 26
الصفحة الرابعة.. 28
الشاب الباحث 30
صعوبات البحث.. 33
سنة الموت 35
أول علامة 37
بيت جيمس مورغان جيوفاني.. 40
جيمس والمذكرات.. 50
تساؤلات.. 54
أحداث متتالية 57
جدول وتوقيت.. 63

توقع يخص الطيور 69
كل تاريخ "حدث مهم" 73
الكارثة الكبرى 89
الصداع القاتل 94
موعد النبوءة الثانية 97
مساعدة متخصص 99
مساعدة السيدة أنجيليكا 102
حلم غريب 110
مسؤولية كبيرة 115
تفسيرات منطقية 120
استمرار المرض القاتل 125
البحث عن العلاج 127
أحلام عن العلاج 131
الطب البديل 133
البحث حيث المصدر 135
ابنة البحر المتوسط 137
جائزة نوبل للسلام 146
أجمل يوم في الحياة 149
Sommaire 151

www.ingramcontent.com/pod-product-compliance
Ingram Content Group UK Ltd.
Pitfield, Milton Keynes, MK11 3LW, UK
UKHW041824200726
13854UKWH00002BA/542

9 798223 314837